소중한

제자님들

소중한
제자님들

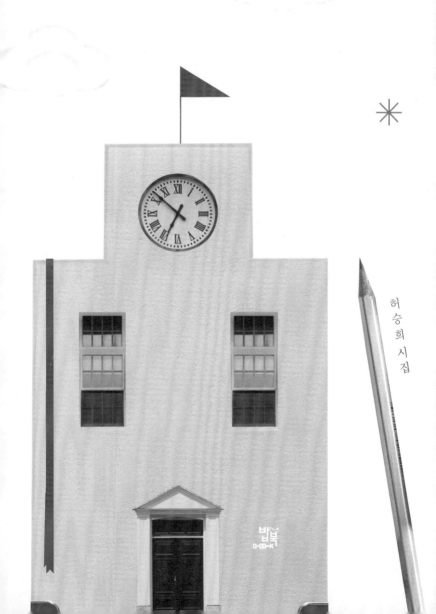

허승희 시집

밥북
B·OO·K

어떤 의미에서 허승희 씨는 나의 동지와 같은 사람입니다. 삶의 동지요 교직의 동지요 문학의 동지입니다. 그뿐만 아니라 오랫동안 나의 시를 들여다보고 나를 멀리서 응원한 마음의 동지이기도 합니다.

나는 사실, 시라는 문학 형식이 대단한 수식이나 절차나 고급의 지식이나 표현 수단이 동원되어야만 가능하다고 생각하지 않는 사람입니다. 우선은 선량하고 맑은 마음, 겸손한 마음 바탕이 중요하고 세상과 인간에 대한 끝없는 연민과 관심이 있어야 하고, 그것을 드러내고 싶어 하는 간절한 마음과 함께 다양한 언어 구사 능력이 있으면 된다고 생각합니다.

하지만 이것은 말로서 쉬운 것이지 실제 상황에서는 그다지 쉬운 문제가 아닙니다. 타고나기도 하지만 오랫동안 의도적인 노력, 수도 생활과 같은 노력에 의해서만 가능한 일이기에 그렇습니다. 그래서 누구나 시인이 될 자질이 있지만 누구나 시인이 되지 못하는 겁니다.

그러나 이 시집의 주인인 허승희 씨의 경우는 그렇지 않습니다.

우선은 마음이 선량하고 맑습니다. 그리고 시에 대한 애정이 있고 자기가 처해 있는 삶의 터전인 교직에 대해서 측은지심에 가까운 관심과 집중과 천착이 있습니다. 이것은 누구도 따라가 기 어려운 좋은 시인으로서의 자질입니다.

더구나 이번에 보여주는 시편들은 내가 평소 주장했듯이 입말 중심으로 시를 발성하고 생성해 간 매우 아름다운 모범을 보이고 있습니다. 시를 사랑하고 아끼는 마음으로 하여 자신의 삶이 조금쯤 부자유한 면이 있었다면 시를 쓰면서 그 부자유와 불이익을 한꺼번에 보답받는 행운을 이 시집이 가져다줄 것으로 믿습니다.

나태주(시인)

　앞으로 무궁무진한 삶을 살아갈 이 소중한 아이들을 너무나 어렵게 만났습니다. 언제나 그렇듯 제가 원하는 것은 늘 쉽게 얻어지지 않았습니다. 덕분에 새벽 3시면 눈이 번쩍 떠지는 불면증에 시달렸고, 몸은 피곤한데 잠이 오지 않는 삶이 지속되었습니다.

　아이들과의 첫 만남을 기다리며 설레었던 기억이 소중합니다. 문득 저의 학창 시절이 떠오르더군요. 그때는 몰랐지만 돌이켜 보면 감수성 넘치고 예민한 시기였습니다. 학창 시절을 두 번 살아갈 수 있게 하는 아이들이 고마웠습니다.

　하지만 조금 안타까운 것은 학창 시절에 기억나는 은사님이 별로 없다는 것이었습니다. 참으로 슬펐습니다. 그래서 이 소중한 아이들에게 자그마한 시로써 위안을 줄 수 있는 인생의 선배가 되고 싶었습니다.

　어렵게 만난 아이들을 무심히 떠나보내기에 인연은 소중했고, 흘러가는 시간을 바라만 보고 있기에는 인생은 짧았습니다. 저에게 주어진 이 소중한 시간과 인연을 한 명 한 명 기억하며 불꽃같은 삶으로 정면돌파하고 싶었습니다.

이제 첫발을 내디뎠을 뿐입니다. 어쩌면 돌고 돌아 여기까지 온 것이 내 삶의 순리 같다는 생각이 듭니다.

이 책의 출판에 도움을 주신 나태주 시인님, 밥북 출판사 여러분, 사랑하는 제자님들 모두 고개 숙여 깊은 감사를 전합니다.

2024년 11월 1일, 단풍이 익어가는 가을밤

허승희 드림

차례

2부

3부

1부

너를 두고

후미진 시골 마을에서
늦고 헐한 저녁을 먹습니다

서로 다른 인생의 행로에서
마주하는
삶의 교차점이
이렇게 애틋합니다

나는 또 떠나야 하고
갈 길은 멉니다

산새 소리는
여전히 흘러내리고
내성천에 지는
석양은 붉습니다

어둠 속으로
파고드는
혼자 하는
하얀 봄밤의 질주

소년, 준

오늘도
느닷없이
말을 걸어올까?

사람과의 대화가
이렇게
조마조마하다

문을 벌컥 열고
지하철과
버스 이야기를
쏟아낼 것 같아

신이시여
가는 걸음, 걸음에
진달래꽃
붉은 꽃길을
만들어 주소서

태양의 빈자리

온갖 욕지거리로
세상을
때려 부수고 싶은
가열찬 아침이 온다고 해도

친구의 말투가
마음에 들지 않아
서러움에
울렁거리는 오후가 온다고 해도

자신의 마음을
알아주지 않는 사랑에
슬퍼지는
저녁노을이 뜬다고 해도

난
이 자리에서
언제나
너의 편

호수에서, 찬비를 맞으며 걷다가

자기 몸의 4분의 1을
끊어내는 과정은
어떤 기분일까

삶과 죽음의 경계에서
인연의 고리를
끊어내는 고통이겠지
단말마의 고통

3일 동안
밥을 먹지 않고
방구석에서
혼자 사투를 벌인 그 아이를 생각한다

그 친구는 나를 두 번 놀래켰다
앞자리가 두 번 바뀐 몸무게로
터무니없이 낮은 시험 점수로

미세먼지의 높은 수치에
이러나저러나
어차피 죽는 것은
똑같다고
대수롭지 않게 흥 치며 말했다

제 나이 같지 않은 혜안
숫자들이 주는 삶의 놀라움

연서 戀書

우리
나중에
아주 나중에 말야
또다시
우연히 만나게 된다면 말야

너는 어떨 것 같니?

나는 좋을 것 같은데

혁이의 첫인상

몸이 불편한
앞 친구의
소지품을
소중하게 챙겨주는
너의 모습은

그 자체가
한 편의
영화였어

아주
깊숙이
일상적으로
몸에
배인 듯한

웃음을 주는 소년

큰 눈
큰 웃음
큰 목소리

작은 키
작은 입술
작은 뒷모습

빨간 내복의 누구보다 더
어떤 남매의 개그맨보다 더 더

10년 치의 묵은 웃음을 주는 소년

어디서
웃음보따리가 넝쿨째 굴러오는구나

구석 자리 주

집업 모자 눌러쓴 곱슬머리 주
착하고 귀엽고 사랑스러워

구석 자리 앉아서 수다하는 주
밝고 싹싹하고 붙임성 있어

구석자리 주
귀여운 친구
곱슬머리 주
우리의 친구

진이의 찐맛

진이가
왜 찐이인가

청소 땡까는 배짱
바닥에 벌러덩 드러누워 앙탈 부릴 수 있는 액션파
오밀조밀 귀여운 표정에
할 말은 딱딱 하는 용기
나를 부르러 바람같이 달려오는 민첩함
해야 할 일은 스스로 달려들어서 하는 영민함
의자를 방향 틀어서 앉을 수 있는 엉뚱함
건드러지게 노래할 줄 아는 한량 끼
뚱하고 바로 미안해할 수 있는 쿨함
궁금한 것은 바로 물어보는 호기심
꿍하지 않고 스스럼없이 받아들일 수 있는 매너맨
어디서든 나타나는 신출귀몰의 자유분방함

그중에서도
가장 돋보이는 것은
의리

이 밖에
그는 본색의
반의반도 보이지 않았다

이거이
바로
진이의
찐맛이 아이던가

기적

밤 산책을 하며
꽃정원을 거닐다가
문득 쳐다보았지
빨간 무릎 담요를 덮은 채
휠체어를 탄 중년 남자가
나를 고요히 바라보고 있는 것이 아닌가
붙박이 같은 존재감에
사람인가 아닌가 두 번 쳐다보았지

문득
푸른 잔디에서
보일 듯 말 듯한 옷자락과
치렁한 머리칼을 날리며
나비처럼 춤을 췄던
그 소녀가 생각난다

춤을 출 수 있다는 것
그 얼마나 기적 같은 일이냐

몸과 마음이 하나 되어
몸이 생각의 노예가 되지 않는다는 것
그 얼마나 기쁜 일이냐

소녀여,
그 자리에서 영원히 있거라

사랑의 우체부

어김없이 아침마다
무거운 핸드폰 가방을 들고
무시로 드나드는 규

항상 웃는 얼굴에
푸근한 표정이
햄버거집 할아버지가 학창 시절에

딱 저런 모습이었을까

규야, 규야
나 마스크 벗으니까 어때?
아름다우세요

규야, 규야
넌 웃을 때
보조개가 너무 예뻐

눈이 깊은 아이

윗집 아저씨가
먹고사는 일에 찌들고
시장에서 열무 파는 일에 고달픈,
코흘리개 아들을 가진 아랫집 엄마를
사랑할 수 있을까?

이런 상상이 가능한
너는

보나 마나
마음이 착한 친구일 거야
속이 깊은 아이일 거야

오늘의 미션
- 서울랜드에서

12시 땡!

이야이야오
이히이히 이야이야오

청계산 푸른 자락
오늘의 임무를 알린다

지금부터 딱 30분 동안
나와 떡 마주치는 자
회오리 감자
쏜다

임무 수행 바람
오바

풍선

오늘 나는 또 무참히 거절당했다
너는 아무 생각이 없었기에
나 혼자 또
속이 쓰라리고
울고 싶었다
많은 사람들이
웃고 떠들고 즐거운 가운데
또 울고 싶었다

하지만 어쩌랴
미움도 사랑이라 했던가

하기야
내가 아픈 것이 낫지
네가 아프면 되겠나
아무렴
그건 또 아니지

그냥 앞으로도 쭉
그냥 내가 아파야겠다

달님, 안녕!

처음 무심코 보았을 땐
환하니 참 잘 웃는 친구라 생각했어

두 번째 눈여겨보았을 땐
밝은 모습에 참 영민한 친구라 생각했고

세 번째 유심히 보았을 땐
운동도 참 잘하더라고

이 어두운 하늘에서
어디에서 왔니?
못 하는 게 뭐니?

너는 보름달로 향해
달려가는
상현달

청포도 사랑

입안에서
사르르 녹는
연녹색
청포도 사탕이
왜 이리 달콤할까

그건 아마
함께 건네준
너의 사랑 때문일 거야

명이

지난해 9월부터였나
어느 순간 눈에 들어왔던 명이
너와의 소소한 기억들 일일이 다 말할 수는 없겠지만 명아

너로 인해
행복했고
설레기도 했어
그냥 그렇게 스쳐 갈 줄 알았던….
하지만
뒤바뀐 반의 명단에서
네 이름을 보았을 때
조금 놀랍기도 했어

길고 지루한 학교생활
즐겁게 하라고
내게 주신 선물

인연이 허락하는 그날까지
함께 가보자꾸나, 명아

내가 너를 사랑하는 이유

음란물을 봤다고
굳이 말할 필요가 없는데도
자신은 보았다고 실토하고

다시는 보지 않을 것이라고
굳이 말할 필요가 없는데도
스스로 다짐하는 모습

그 사회성 없음
그 순수함

바람이 전하는 말

령아, 령아
가끔은 마음의 귀를 열고
지나가는 새소리에 귀 기울여 보렴

새라고
늘 똑같은 소리만
내는 것은 아니더라고

짹짹짹, 지지배배
짝자글 짹재글
그날그날 무슨 사연이 있었기에
새소리가 주는 느낌이 조금씩 다르더라고

령아, 령아
가끔은 고개를 들고
지나가는 바람의 소리에 귀 기울여 보렴

바람이라고
늘 똑같은 소리만
내는 것은 아니더라고

너와 같은 미소로 살랑살랑 부드럽게 다가왔다가
때로는 성질 사나운 우렁찬 힘의 소리도 내질렀다가
긴긴 겨울밤 무엇을 생각하기에
마음속 깊이 우는 소리도 내고 그렇더라고

아버지는 곧 돌아오셔

아버지가 어떤 존재이니
이날 입때껏 키워주신
신 같은 분 아니시니

힘들어도
말없이
너를 안아주던
그 두 팔로 다시 일어서실 거야

괴로워도
너를 향해
소리 없이 달려가신
그 두 다리로
성큼성큼 다시 걸어오실 거야

아버지가
다시 힘내서
돌아올 수 있게
세상에서 가장 예쁜
딸의 마음과
딸의 입술로
기도드리자

갈림길

아침에 피구 경기
재미나게 하더만
3시간 뒤
아버지 상주^{喪主}라니….

잠시 넋을 잃음

약속

나의 건망증으로
14살 소년에게 나는
거짓말쟁이가 되고 말았다

아재 개그를 들려주기로 한
약속을 지키기 위해
삐뚤삐뚤 손글씨 노트를 끼고
쉬는 시간에
쪼르르
10분을
기다렸다고 한다

그 말을 하면서
소년의 얼굴에
섭섭함이 스쳐 지나갔다

이래서
아이들이 어른보다 낫지

다음엔

꼭 와서

너의 아재 개그에

속 시원하게

웃어줄게

슈퍼 파워, 안

콧노래를 흥얼거릴 때에도
책을 소리 내어 읽을 때에도
빗자루질을 하며 청소할 때에도
공을 힘차게 던질 때에도

그의 얼굴은
오직 하나였다

창백한 무표정

그런데
드디어
어제!

마스크 위로
초승달처럼
구부러지는
눈썹
1년을 넘겨서야 겨우 보았다

자주 보여줘
그 표정

사랑해요, 연

어린 동생들과 시간 내서 놀아주는 모습을
쏘아오는 공을 용기 있게 잡아채는 모습을
친구를 걱정하며 편지 쓰는 모습을
마스크 위로 언뜻언뜻 터지는 호동그레한 미소를

중2

우리 혁이
조용한 줄만 알았지
작년과 또 다르구나
내년에도 또 다르겠지

기타 들고 다니며
생각하는 사람
자세로 앉아 있고
조는 듯
무언가에 빠져있는 듯

카스?
성년 돼서도
생각나거든
찾아오너라
한 잔 사주마

지금 이 시절
잘 지나 보내기를
바라

올해가 가기 전
꼭 들려줘
너의 기타 연주

빈

조용하고 아늑한 한옥 같기도
비 오는 날 은은한 커피 향기 같기도
호숫가에 잔잔히 피어나는 이슬 같기도
지나가는 바람에 흔들리는 풀꽃 같기도
산속에 고요히 피어나는 안개 같기도
입가에 부드럽게 번지는 미소 같기도
한 땀 한 땀 정성 들이는 바느질 같기도

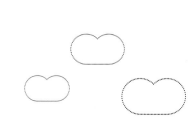

2부

속상하면 실컷 싸워라

화나면 싸우는 게 사람이지 참는 게 사람인가
너무 몰아쳐서 미안함이 느껴질 정도로 싸워라
총명한 눈빛 반짝이며, 실컷

서로 얼굴 보며 내가 너무했나 후회하는 마음으로
서로 불쌍해하며 미안해하며 한번
웃어주고 어깨 두들겨주면 그만이다

은이는 웃는 게 젤 예쁘더라
친구를 위해 눈물 글썽이던
그 따뜻한 마음으로
한번 안아주면 그만이다
딱 그런 느낌으로

눈웃음

마스크 위로 웃는 눈매가 낯익더라고
어디선가 많이 본 듯한
익숙한 느낌

남매라는 것을
아는 순간
절로 나오더라고
눈웃음
피는 못 속이는구나

부모님이 누나를 먼저 챙긴다고
샘하더라고
귀엽더라고

욱이

학교생활 이만큼
알아서 똑 부러지게 잘하는 모습
아시면
자랑스러워하실 거야
아들 욱이
대견스러워하실 거야

그동안
힘든 내색 하나 없이
천진난만한 모습도
회장 선거 때
주먹 쥐고 충성하던 제스처도
멋지다, 욱아

안으로
안으로
영글었구나

그 모습 그대로
판화처럼
내 기억 속으로

베이글

빵으로 치면 베이글 같거든
첫 느낌이 튀지는 않지만
씹을수록 고소하고
진가가 느껴지잖아

네가 그래
첫인상이 화려하지는 않았지만
알면 알수록
상냥하고
자기 생각이 확고하더라고

방과 후
고생 많았어
의미 있는 시간이었기를, 민아

마른 장마

비가 내리지 않는 장마처럼
아무도 관심 주지 않고
신경 쓰지 않아도

게시판 정리를 하며
자기 할 일을 해내는
너의 꿋꿋함을 사랑한다

점심시간마다
학급함으로 오르내리며
조금은 심심한 성실함으로

하루 일과가 끝나면
나지막한 목소리로
수고하셨습니다
들릴 듯 말 듯
읊조리는

그 소박한 젠틀함을
나는 사랑한다

너의 목소리가 듣고 싶어서

무작정 수화기를 들었지
동네 인적 드문 거리에
공중전화 박스가 생겼지 뭐야

이 스마트폰 시대에
공중전화 박스라니
장난기가 발동한 거지

주머니를 쑤셔서
백 원짜리 동전을 집어넣고
너의 전화번호를 눌렀네

뚜
뚜
신호는 가지만
전화를 받지 않네
모르는 번호라서 그런가

몇 번을 시도했지만
역시
전화를 받을 수 없다는
기계음만 돌아올 뿐

공중전화 박스 안의
저녁 불빛에
여름 하루살이들만
잔뜩 모여들어 있었지

찬아
몸은 좀 어떠니?
수화기를 들고 혼잣말로 중얼거렸네

가로등 헤는 밤

저녁 8시,
해거름 호수 산책로
가로등이 일제히 켜집니다
인생극장
어둠을 헤치고 삶의 무대가 펼쳐집니다

가로등 하나, 낯선 남자가 색소폰을 불고 사라집니다, 애달프게

가로등 둘, 뜨거운 6월의 태양 아래 모래 먼지가 일어나고, 목 상처를 내는 투혼을 발휘하며 끝까지 공 받기에 최선을 다하던 한 소녀가 보입니다, 아름답게, 목의 상처는 다 나았는지?

가로등 셋, 젊은 남자가 통속 유행가를 한 소절 부르다가 스쳐 갑니다, 애절하게

가로등 넷, 한때 유기되었던 서러운 반려견과 산책하는 한 여인 의 뒷모습이 지나갑니다, 쓸쓸하게

가로등 다섯, 윤아, 윤아

오늘도 이렇게 그리운 이들을 불러내며
하루를 떠나보냅니다

그 소년, 소녀 어디로 갔나

한 소년이 우리 반 앞을
서성이고 있었네
쉬는 시간 그 짧은 순간에도
그 소녀 한 번 더 보겠다고
창문 너머로
문틈 사이로

서성거림
서성거림

그 소녀 일주일간 학교에 나오지 않았네
심심해서 미치겠어요
며칠 후 그 소년도 따라서 보이지 않았네

손 한번 잡아보겠다고
서로의 손끝이
붙었다 떨어졌다

지금도
복도 어딘가에
둘이 마주 보고 서서
이야기를 나누고 있을 것만 같네

그 소년, 소녀
그렇게
내 마음속
한 폭의 그림이 되었네

빗속을 달리며

먹구름 속 언뜻 내비치는
하얀 하늘빛 사이로
피어나는 아름다운 은이의 모습

여태 연애 한번 못해 봤다고
작은 목소리로
소곤거리던 은이

은이야
창문을 스치며
사선으로 빠르게 미끄러져 흘러가는
빗방울 같은
차가운 만남으로

공연히
순하디순한
흰 구름 같은
너의 마음을
다치게 할 필요는 없어

은이는
지금 그 모습 그대로
너무 아름다워

하얀 은하수

쏟아지는 별들을 헤치고
이렇게 너와 나
인연으로 만났다

누가 감히
보이는 것만으로
너의 존재를
가늠 지을 수 있겠는가

뻐꾸기 소리를 들으며
너의 생각이
잠시 스쳤다

소나기가 갠 후
고인 물웅덩이를
바라보다
너의 모습이
일렁였다

나의 마음속에
한 편의 일렁임으로
살아 숨 쉬고 있는
너

한결같은 사랑

마주칠 때마다
변함없는 손하트로
변함없는 반가움으로
인사해 줘서
너무 고마워

이렇게 어여쁜 여학생한테
참으로 과분한 사랑을
받고 있지 뭐니

내가
어디 가서
어느 시절에
이런 사랑을
또 받을 수 있을까

좀 더 나아질 수 있도록
노력할게
아이처럼
작은 마음이 생기더라도
삭이고
좀 더 나은 모습 되도록
노력해 볼게

이게 바로
너의 사랑이 가진
힘이야

혁이

자기 생일이라고 찾아와
사탕을 내미는 혁이에게
형광펜을 선물로 주었다

고마워
때가 되면
찾아와
인사해 줘서
지루한 일상에서
얼마나 큰 힘이 되는지
너는 모를 거야

잊지 말아라, 혁아
넌 나와 인연이 되어서
처음으로 큰 상을 거머쥔
보물이다

누가 뭐래도
이곳에서 만난
선물이다

산이 솟아올랐다

그동안 어디에 있었던 거니
있는 듯 없는 듯
조용하게 지내다가

산이 우뚝
솟아올랐다

남몰래 갈고닦은
무림의 고수 같기도
속이 꽉 찬 알배추
같기도

3월에
너도 우리 반이니?
이 말은 기억에서 삭제되어야 했다

미안함이
밀물처럼 밀려든다

우리 반을 잘 부탁해
웅아

현이

현이의 모습은
잔잔한 맑은 호수 같다
맑은 호수가
푸른 산과 하얀 구름을
품고 있듯이
마음속에
늘 평온함을 간직한 듯
미소도
바람결 따라 사르르 번지는 듯하다

저
조용한 차분함
닮고 싶다

호숫가 산책할 때
한번씩 생각할게
너도 내 생각이 문득 나거든
우리는 서로 생각한 거야

마스크 미소

그 언젠가
복도에서 마주쳤을 때
영어 수행평가를
보기 위해 앉아 있더군

잘 봐, 파이팅
넌지시 던지는 미소
책을 안 가져왔을 때
넌지시 보내는 미소
늘 욕심 없이 보내는 수수한 미소

하기야
그거 하나면 됐지
무슨 말이 더 필요할까

남매

선생님
왜 부르니?
그냥 한번 불러보고 싶었어요
동생 귀여움 폭발이다

은이 안에 귀여움 있다
그거 언제 폭발시킬래?

분명히 있는데
내 눈에는 보이는데

잠시 쉬고 온 뒤
폭발시켜 줘

거울보다 더

틈틈이 거울 좀
그만 쳐다봐
그 거울이
예쁜 은이 모습
뺏어갈까 봐
어린아이처럼
샘이 나

화장 안 해도 예뻐
눈빛이 별빛이야
미소가 꽃대궁이야

별말 아니라도
먼저 말 걸어주면
행복해
그냥 마음이 따뜻해져

잠시 못 보는 시간 동안
더욱 행복해져서
돌아와 줘

1월의 편지에 답함
- 은이에게

답장이 늦었네
진작부터 쓰고 싶었지만
이제야
내 마음을 전해

내가
어디 가서
어느 세월에
이렇게 착하고
똑똑한 여학생을 만나
함께 울고 웃을 수 있을까

나를 바라보는
은이의 눈빛은
밤하늘의 별이야

항상 좋게 봐주어서
감사합니다
잠시 떨어져 쉬고 나서
우리 더 행복해져서 만나자
사랑합니다
- 7월 장맛비 속에서 방학식 날 보냄

5월의 편지에 답함1

비 오는 아침
분주히
책상 정리를 하다가
네가 준 카드 편지를 발견했지 뭐니
푸르른 5월에 조용히 건네준
나비 그림의
손글씨 편지였어

은아
너는 아스팔트 사이로 핀 민들레다
해변을 거닐다 우연히 발견한
형형색색의 아름다운 조개다

그동안 헝클어졌던 마음
다시 일으켜 세우고
카드 속의 나비처럼
훨훨 날기를 바라

날갯짓을 지켜보면서
행복해질 것 같아

5월의 편지에 답함2
- 빈이에게

고마워
항상 따뜻한 눈빛으로 바라봐줘서
화를 내도
거짓을 말한다 해도
바다와 같은 마음으로
안아 줄 것 같은 빈이

작년도 아쉬웠는데
올해가 가도 아쉬울 것 같다니
다음 해에도 같은 학년으로 올라가자니
인연을 이렇게 어루만질 수 있는 빈이는
감동이었어

사람은 오래 보아야
사랑스럽다더니
빈이가 그런 것 같아

빈이는
세상을 따뜻하게 밝혀주는,
어두워지는 구름 밑에
언뜻언뜻 터지는
하얀빛과 같은 존재

내가 여기에서 만난

산타

내가 이곳에 숨 쉴 수 있는

이유

5월의 편지에 답함3
- 호에게

또다시
같은 친구를 만나기 잘한 것 같아
호야
마스크 쓴 모습만 보고
얼굴도 제대로 못 보고
그냥 떠나보낼 뻔했지 뭐야

난 너의 목소리가 참 좋아
자꾸만 자꾸만
듣고 싶어

내게로 와서
자꾸 말 걸어줘

너와 대화하는 것이
행복해

곧 방학이다
긴 이별이지만
행복한 시간이 되기를 바라

건강한 모습으로 다시 만나자

5월의 편지에 답함4

나를 바라보는 은이의 눈빛은
밤하늘에 떠 있는 별빛 같아
늘 영롱하고 빼어남이 배어 있지

인정해 줘서
고마워
이곳을 빛냈다니
최고의 찬사인 듯

나도 은이를 다시 만나게 되어서
얼마나 기쁜지 몰라
이렇게 어여쁘고
똑똑한 여학생을 만나서
함께 호흡할 수 있다니
이런 복이 또 어디 있을까

앞으로 실망시키지 않도록
더 열심히 사는 모습
보여줄게

은이로 인해

더욱 힘내서

달릴 수 있을 거야

3부

내 사랑 어쩔 수 없어

국어 교사라서 행복합니다

사랑에 목마른 친구
그리움에 메마른 친구
슬픔에 멍이 든 친구

소박한 시 하나씩 건네면
반짝이는 눈빛
올라가는 입꼬리

나도 모르게
또
뭔가를 끄적이게 됩니다

너희들이 행복해질 수 있다면
언제든
기꺼이
내 마음 전해줄게

천국의 문을 열어 준 아이

아이가
밤새 젖꼭지를 빨다가
둘이 부둥켜안고
같이 잠들었던 때가 있었다

한 생명이 다른 생명에게
삶의 이유를 전해주고 있었다

그때가 천국이었다

딸아
오후의 태양이
작열해서
눈을 뜰 수 없을 지경이 되거든

에미는
노량진에서
도서관에서
10년을 넘게 다른 사람의
뒤통수와 씨름했다는 것을 기억해 주라

남해바다를
하염없이 바라보며
바닷속 세상에
잠시 혼이 나갔다는 것을
기억해 주라

사랑한다
딸아

바람을 씹는 개

참 오지게도 싸운다
서로의 잘잘못을 물어 물어뜯으며
패악을 쓰며
모든 사람들 다 들으라는 듯이
구경하라는 듯이

그것도 모자라서
어른들까지 합세해서
월월월월월
바람을 물어뜯겠다고
입질을 멈추지 않는구나

체리 아이

충혈된 눈
초점 잃어 돌아가는 눈
빠질 것 같은 눈

고개 들어
나 좀 바라봐 줘

몇 시에 자니
뭐하다 자니

배터리 충전 안 된 눈
해롱거리는 눈

기다림의 시간은

길어요

잠시 자리를 비운 것뿐인데
곧 돌아올 자리라는 것도 아는데

정지의 시간
어색해요
표정 관리가 안 돼요

어서 빨리
돌아와 주세요

옆 반, 준

검은 뿔테
듬직한 목소리

네
네
그럴 수도 있지, 뭐

ma favorite teacher
ma favorite student

너의 그 따뜻한 말 한마디가
나에게 얼마나 큰 힘이 되는지
너는 모를 거야
너는 아마 모를 거야

당신이 오신다기에
- 축시

달력에
동그라미 친
만남의 날짜를
보고 또 보았습니다

시간은 더딘 듯
빠르기만 한데

처음 인사말은
어떻게 건네야 할까
바쁜 일과 중에
문득 또 두근거립니다

시인을 만난다는 것

무더웠던 한여름을 보내고
계절과 지나치는
저녁 산책길에
우연히 불어오는
가을바람을
맞이하는 일입니다

가을바람 타고 오셨습니까
코스모스 함께 오셨습니까

만남은 순간이고
추억은 소중하겠습니다

환영하고
또
환영합니다

무릎 담요

에어컨 밑
추울 것 같아
은이에게 무릎 담요를 건넸다

따뜻하니?

그거야
바로 그것!

너를 생각하는
나의 마음

한 송이 들국화

바람은 불고

이별은 이미 예정되어 있는 사랑
끝이 보이는 사랑
내리퍼부어야 하는 사랑
뒤돌아서면 헛헛해지는 사랑
던지면
보이지 않는 벽에 부딪혀서 흘러내리고 잊혀지는 사랑
부르고 외쳐봐도 돌아오지 않는 사랑
구름 되고 바람 되어 흩어져 버리는 사랑
때가 되면 보내야 하는 사랑

하지만

이 모든 것을
이미 다 알면서도

멈추어지지 않는 사랑
멈춰서는 안 되는 사랑
마음속에 한 송이 들국화로 추억되고 싶은 사랑

소녀, 흙

넌 어쩜 그리 예쁘니?

작년 아무것도 해준 것이 없는 독서수업이
너무 좋았다고
말하는
그 솔직함
순수함

넌 어쩜 그리 내 중학 시절과 닮았니?

여린 마음도
넘치는 질투심도
무모한 사랑도
집착도
의리도

누군가를
진심으로 사랑해 본 적이 없는 사람은
모르지
금방이라도 눈물이 쏟아질 것 같은
그 맑은 눈망울을
마음속 뜨거움을

너도 울 때
나도 같이 울었어
너무 속상했어

태양이 전하는 말

지난 금요일
태양과 함께
아침 산행을 했었네

태양은
늘 떠올랐고
거기에 있었으며
초록 이파리를
밝게 비추고 있었지

길가에 핀 장미처럼
뜨거운 심장을 가진 태양은
더 이상 다가올 수 없었네
말이 예뻤던 그 소녀
미소가 예뻤던 그 소녀
너무 사랑해서
붙잡을 수 없었다고

곰돌 준

알람이 안 켜졌어요
당당하게 말하는
지각쟁이 쭌

한 번만 봐주세요
뭘 봐줘, 자식아
이것은 이것이고
저것은 저것이다
깜지나 써!

얼굴 솜털이
아직도 송송
포동포동한 쭌은

벚꽃나무 아래서도
장미꽃 앞에서도
늘 같은 포즈를 취했다

후니 신부를 두 팔에 가득 안고
은은한 미소를 띠는

빗속을 거닐며

난 가끔
세차게 흐르는 저 빗물과
하나 되어
들판에 홀로 핀 이름 모를 들꽃에
누군가의 상기된 붉은 볼에
아픈 이들의 마음에

흠뻑 적시고 싶다

울지 마라
셋이 있다가
하나가 떨어져서 뒹구는 것
그것이 인생이다

그래도 내 옆에는
나의 어깨를 두 손으로 쓸어주는
정겨운 친구가
또 두 팔 벌려
다가오고 있잖냐

떨어져 뒹구는 들판에는
싱그러운 빗방울이
부드러운 흙내음이
시원한 여름 바람이
또 나를 애타게 기다리며
새로운 미소를 준비하고 있다

진구야, 친구야

진구야
진구라고 불러보고 싶어
만화 속에서 걸어 나온 듯한
우리 반 진구

서러워 말아라
진구야
너의 따뜻한 마음
오롯이 다 알고 있다

난 아직도 기억하고 있는걸
너 아니었음
서울 시내 주차장
오후의 먼지 속에서
땀 삐질 흘리며
헤매고 있었을걸
생각만 해도
아찔한데

진구야
친구야
우리 반 보물

저 복도 끝에서
비질비질 걸어오고 있을 것 같은
우리 반 진주
우리 반 손전등

율

뜨거운 땡볕이 흐려지고
갑자기 비가 오누나

장마의 공기는 텁텁한데
거리는 이미 축축하다

느닷없이 웃는 얼굴로 앞문을 열고 들어오기도
축구공을 맞았다고 뒷문을 버럭 열고 들어오기도 하는

앞머리 가지런한
하얀 얼굴의 율

책상 세 개를
밀어붙이는
저 씩씩함
할 말은 탁탁 할 줄 아는
너의 꿋꿋함이

나는 좋은 걸

곱슬머리, 은

왜 그 귀여운 얼굴
검은 마스크로
가리고 다니니?
아무리 감추려고 해도
그 예쁜 눈빛
그 예쁜 눈썹
어디서도
태가 나는걸

왜 그리 착한 마음
조용한 몸짓으로
가리고 다니니?
아무리 감추려고 해도
그 예쁜 마음
그 예쁜 빗자루질
어느 구석에 있어도
다 태가 나는걸

김소

그 누군가가
너를 내게 보냈을까
느닷없이 쏟아지는
장맛비 속에
우산 같은 존재감

한 학기 동안
우리 반 이끄느라
고생 많았다

하지만 나에겐
너는 여전히
앞으로도
짱이야

야무진 눈빛
앙다문 입술
너무 든든한걸

끝이 아닌걸
너도 알고 있지?

갈색 상자 안의 권소

반짝이는 눈빛
민첩한 행동
다른 사람의 말을
들어줄 수 있는 배려심
할 말은 할 줄 아는
용기
따뜻한 품성
웃는 표정

이만한 학생이
또 있을까

택배로
우리 반으로
선물 왔어요!

바다 같은 마음

잘했어
정말 잘한 거야

상처받은 마음
저 푸른 물속에 던져버리고
더 큰마음으로
용솟음치기를 바라

파도같이
넘실넘실
일렁이는 마음
저 절벽의 푸른 소나무를 향해
한달음으로 솟구치지만
하얀 거품으로 되돌아오고야 마는 마음

하지만
파도가 육지를 향해
달려가듯이
너의 아픈 마음
사랑을 향해
달려가기를 바라

바다가
햇빛을 품고
일렁이고 있듯이
너의 마음
늘 일렁이며
반짝이기를 바라

아름답게
하얗고 푸른 빛으로
반짝이기를 바라

폭우 오던 날

롯데월드로 가는
현장체험학습 날
늦은 준이에게
온 짧지만
다급한 문자

"버리지 마세요"

등교 시간
교실에 늦게 도착하며
헐레벌떡
외치던 말

"50분이야!!!"

그 언젠가
또 늦은 준이가
불쌍한 표정을 지으며
넌지시 전하던 말

"똥 싸고 왔어요"

느닷없이 내리는
큰비로
물웅덩이에
발이 묶여
학교에 오지 못한 준이에게
우산 쓴 준이의 다리 사진과
함께 날아온 문자

"쌤, 저 급류에 쓸려가요
으어어어"

준아
그래도
지각은 말아줘

세상에서 가장 아름다운 눈

세상 다 비칠 것 같은
크고 맑은 눈

그 눈에
문득
웃음도 보이고
슬픔도 보이고
영리함도 보이지만

그중에
역시
가장 아름다운 것은
사랑을 가득 담고
반짝반짝
바라보는 눈

오매불망寤寐不忘

오랜 시간이 지나도
반갑게 인사하러
찾아오는 친구는

오
너였구나

요즘 세상에는
인사도
미쳐야
가능한 것인가

달콤한 타르트

힘 있는 인상에
큰 키
낮은 목소리의
까까머리 준
황소 한 마리도
너끈히 들어올 릴 것 같은
덩치 좋은
떠꺼머리 중3 총각

농구를 좋아하고
시를 사랑하는
누가 봐도
한눈에 들어와서
카리스마 넘치는 준서

하지만
그런 준이가
이별의 시 앞에서
오랜 시간 남몰래
서럽게 우느라
한참을 화장실에서
나오지 못했다 한다

준아, 너는
무대에 선뜻 올라가 마이크를 잡기도 하고
오랜 시간이 흐른 뒤에도
문득 찾아와
기별 인사를 하고
제주도에 다녀왔다고
느닷없이
타르트를 건네는
놀라움이야

너는
내 마음속에
아직도
반장이야

지워지지 않는
하나의 큰 그림이야

언제든 돌아가면
늘 그 자리에
말없이 서 있어서
끝없는 휴식을 얻을 것 같은

큰 나무야

일렁이는

큰 그리움이야

전학생, 찬

대단하다
너의 인기

전학 오기 전날부터
우리 반 아이들이
술렁일 정도로
화장실에 간 너를 한번 보겠다고
복도 끝에서 끝까지
줄을 설 정도로
수학 선생님께서
피릭피릭
호루라기 불며 쫓아낼 정도로
반 창문에
다닥다닥
낯선 얼굴꽃들이 필 정도로

이런 관심
웃는 얼굴로
똘망한 표정으로
답변해 줄 수 있을까?

진국, 호

조용한 듯했는데
어느 순간 발표하겠다고
손들고 있고

묵묵한 듯했는데
반 아이들 수행평가
챙겨주고 있고

슴슴한 듯했는데
교실 구석에서
책상 밀고 있고

넌 정말
이상적이야

크롬북장 속의, 심

참 아쉽단 말이야
말수만 조금 줄이면
주변에 과자 봉다리만
돌아다니지 않으면
정말 멋질 텐데 말야

유머 감각 넘치고
귀엽고

그거
딱 그게
안 된단 말이야

규야 규야
크롬북장 속에
들어가
재충전하고
나오렴

멋들어진
남학생이
될 수 있어!

반장, 빈

힘내라
누가 뭐라 해도
넌
우리 반 회장님이다

꿋꿋하게
당당하게
말하고
요구하기를 바라

항상
든든하니
그 자리에 있어줘서
고맙다

찌는 듯한
더위도
하루의
짜증도
한숨도

그 어떤 것도
너를 막을 수는
없다

교실 밖 가로수의
우듬지처럼
늘 중심 잡고
멀리 바라봐 줘서
고맙다

소중한 제자님들

수업 시간에 엎드려 자는 아이
지각을 밥 먹듯 하는 아이
돌림사귐 하는 아이
걸상 부러뜨리는 아이
대놓고 떠드는 아이
울면서 뛰쳐나가는 아이
화장실에 숨어서 귤 까먹는 아이
오토바이 타다가 병원에 입원한 아이
화장을 떡칠하며 거울만 들여다보는 아이
입에 쌍욕을 달고 살며 복도 끝에서 끝까지 다 들리는 아이
어깨빵 치고 다니는 아이
배 아프다고 집에 가겠다고 졸라대는 아이
담배 피우고 술 마시며 세 보이려고 하는 아이
학교 나오기 싫어서 전화 안 받는 아이
부르면 도망치는 아이
가출한 아이
대드는 아이
교복 치마를 잘라서 똥꼬치마로 만드는 아이
눈에 보이는 거짓말하며 우기는 아이
껄렁대며 뒷담화하는 아이
무슨 이유인지 말하기를 거부하는 아이

가끔 울렁증이 생기지만

어쩌겠니

너희들이 없으면

심심한걸

자꾸 생각나는걸

마스크맨, 영

참 믿기지가 않아
어린 영이
수다쟁이였다는 게
자그마한 일에도
재잘재잘했다는 게

지금은 말이
너무 없어서
아들이 도통 무슨 생각을
하는지 모르겠다고
어머니가 답답해하시며
전화를 하시는데 말야

요즘 무슨 생각 하니?
너를 웃게 하는 건 뭐니?
축제 때 춤은 춰야 해!

4부

검은 개와 붉은 꽃

철쭉이 한창으로 피었어요
반려견과 산책을 나갔지요
새까만 슈나우저 우리 강아지
붉은 꽃과 함께 어우러져 봄입니다

사진 속 우리 강아지
봄바람에
하얀 눈썹 휘날려
하얀 수염 휘날려
찡그린 듯 불쌍한 듯 표정이지만
붉은 철쭉과 나는 화창합니다

껌아

처음 봤을 때 너다 싶어 손에 들고
다른 개는 눈에 안 들어와 내 마음 다 가져갔어
통유리를 치며 주인을 선택해
너는 자신만만하게 내게로 다가왔어

세상 처음 나와 몇 걸음 떼보지도 못하고
구석에 처박혀 혼자 겁먹었던 너
그 첫인상은 마치 영화 한 장면 같아
껌아 너는 내 인생의 주인공이 되었어

귀여운 너의 발자국 소리
엄마라고 부르고 싶은 너의 이상한 발음
리듬 타며 걷는 너의 쾌활한 걸음
이런 너의 모든 게 나의 심장을 뛰게 해

이모집에 잠시 맡겼던 그날 밤
보고 싶어 눈물이 흘러내려
괜히 서러움이 밀려왔지
껌아 내 곁에 오래 머물러 줘

너의 귀여움이 당당함으로 폭발하고
난 그 누구보다 널 잘 알아
네가 어떻게 웃고 우는지까지
너의 모든 게 나에게 소중해

귀여운 너의 발자국 소리
엄마라고 부르고 싶은 너의 이상한 발음
리듬 타며 걷는 너의 쾌활한 걸음
이런 너의 모든 게 나의 심장을 뛰게 해

노래로 들을 수 있어요

솜 똥

흰 눈썹
흰 수염
네 발에
흰 양말 신은

졸린 표정의
귀여운
슈나우저
강아지 인형

우리 강아지와 닮아서
마트에서 보자마자
단번에 모셔왔어요

어느 순간
하얀 엉덩이의
실밥이 터지더니

밤마다
내 부은
종아리 달래주다가

아침마다
솜 똥을 싸네

말하는 개

난 우리 강아지
뭐라 하는지
다 알아들을 수 있지

엄마
밥 줘
물 줘
산책 가자
이러거든
눈빛만 봐도 알 수 있거든
자기 말을 들어주지 않으면
성질내거든
삐치거든

저번에
병원에 혼자 두고 나가면서
내일 또 올게
했더니
구석 자리 모서리에
코 박고

하얀 똥꼬만 보였던 모습이
눈에 선하거든

사람들은
동물이 표현을 못 한다 하지만
내가 보긴
누구보다
순박하게 표현하는 걸

우리 강아지와 난
대화가 통하는 사이

노래로 들을 수 있어요

내 머리 꼭대기 위의 껌

이 작고 검은 짐승이
무엇이기에

사료는 챙겨 먹나
물은 마시나
산책은 하고 있나
하루 종일 뭐 하고 있나
꼬리 치며 현관문에
짝다리 짚고 마중 나와 있을까

자꾸만 보고 싶어질까

멀리 2시간 걸려 평촌에서
칠십 노인네가
개 병수발하러
한걸음에 달려올 만큼
아파서 입원한 강아지
매일 하루 두 번
꼬박꼬박 병문안 달려갈 만큼

매일 밤
내가 산책을 시켜준다 생각했는데
어느 순간
내가 산책을 당하고 있었다

시커먼 개를 왜 데리고 왔어?
에서
저 개는 안 예뻐할 수가 없어!
로

껌의
꼬리 흔들기는
그렇게
소리 없이
사람을 중독시켰다

구름산

저기 저 붉은 하늘 좀 봐봐

산 위에
산보다 큰 구름산이 있네

어
껌아가 네 발로
하늘을 달리고 있어
그곳에서도 여전히 신나는구나

어느 사이
새로워지는
하늘의 조각품

한 스푼 덜어내어
커피에 풍덩

껌댕

귀염댕
좋아하는
닭고기 주면
두 발로 걸어와서
"엄마" 하고
품에 안길래

베개 베고
자는 뒷모습
검은 실루엣 보면
내 쪽으로 돌아누워
"엄마" 하고
품에 파고들래

비요일

아침부터
촉촉한 봄비가 내립니다

하얀 벚꽃은
피었는데
바람은
차고

연녹색의 이파리가
혀를 내밀었지만
아이들의 걸음은
바쁩니다

꽃비 속에서
자동차 유리창에 남겨진
꽃잎 하나가
지나가는 봄의 아쉬움을
남깁니다

내일은

햇살이 따뜻하겠지만

바람은 여전히 차겠지요

호숫가, 비탈에 홀로 선 나무

외롭게 해서 미안해
더 많이 관심 가져 주고
더 많이 바라봐 주고
더 많이 찾아주어야 하는데
그냥 내버려두면 안 됐는데

너의 이파리는
사랑으로 꽃피는 나무
밝은 햇빛, 맑은 바람
붓고 또 붓고
밝은 미소, 맑은 눈빛
주고 또 주고
그랬어야 했는데,

가지 사이사이로
상처받은 마음의 옹이들
좀 더 감싸주어야 했는데
아프게 해서 미안해

그 언제였나
내가 사랑을 많이 받는다고 부럽다 했었던가
저 흐린 여름 하늘을 흐르는 먹구름만큼이나
다 부질없는 것들
난 차라리 너의 사랑을 바라네

또 비가 오는구나
찬바람에 일렁이고
추위에 떨며
홀로 서 있을
너를 보러
우줄우줄
호숫가로 내려간다

(♫)

노래로 들을 수 있어요

청설모와 밤

아파트 단지 사이에 있는
야트막한 산속
청설모 한 마리
나무를 오르락 내리락

숲속에서 혼자
외롭지는 않을까
무얼 먹고 살까
걱정하는 사이

숲속 길에
밤송이들이
여기 저기서
함께 하고 있었네

밤새
그 청설모
잘 지내고 있을까
잠을 이룰 수가 없었지

다음날
새벽부터
청설모를 찾아
홀로 숲속을 헤매었네

물기 머금은 산안개 속에서
나의 존재는
한낱 지는
단풍잎과 같은 존재

나 여기서
길을 헤매다
실종된다 하여도
그리 서럽지는 않으리

무엇인가 애타게 찾다가
그리 되었으니
누구를 탓하며
누구를 원망하리오

이곳의 공기는

중독성 있어

새벽마다

나를 깨우네

(♬)

노래로 들을 수 있어요

그리움

우리 개
어디로 갔나
저녁 식사하면
어김없이 식탁 밑으로 와
내 발을 긁고 있는데

우리 강아지 어디로 갔나
창밖을 바라보며
다른 개가 산책 나오면
아파트 단지가 떠나가도록
짖어대곤 했는데

입원한 날 밤
간호사로부터
날아온 껌의 사진 속 눈빛은
눈물이 쏟아질 듯한
그렇한 그리움으로
깊이 망울져 있었다

서복을 보고

내가 간절히 바라는 것은
언제나 쉽게 오지 않는다

긴 기다림의 과정에서
내가 진정 이것을 얼마나 절실히 바라는지
나의 바람이 헛된 욕심은 아니었는지
한 번 더 생각하게 만드는
섭리

운명

어느 순간
혼자 중얼거리기 시작하더라
장면이 자연스럽게 떠오르더라
그러다가 나도 모르게
혼자
웃기도, 울기도 하고 있더라

젠장
시를 써봐야겠다

송전탑 군단

안산을 지나는 길목
끝도 없이 이어지는 송전탑
무섭다
징그럽다
인간을 추적하는
모 외국 영화의 기계 인간 같다
인간을 발아래 거느리고 있는
저 위엄스러운 장관!

기타 치는 남자, 시 쓰는 여자

호숫가에 혼자 앉아
기타 치며 목청껏 노래하는 남자
가까이서 들으니
더 구슬프고 애절하다

호숫가 정원에서
밤마다 색소폰을 부는 남자
익숙한 유행가가
새롭게 들린다

그들 안의
무엇이 있어
이 오밤중에 뛰쳐나와
노래하고 연주하는 것일까

내 안에
무엇이 있어
아이들을 위해
시를 쓰는 것일까

외진 호숫가 시골 카페에서, 혼자

언젠가 한번 해보고 싶었어
아무도 찾지 않는 조용한 시골 카페에서 혼자
시도 읽고
못다 한 인사말도 보내고
지나온 삶에 대해 사색에도 잠겨 보고

창가에는 개미가 기어가는데
나비가 날아드는
나른한 오후

밀려드는 졸음에
내 고개가 버겁구나
주변은 소란스러워지는데
이 소란스러움이
그 어떤 자가보다
더 달콤하다

무서운 나무

낮에 보면
녹음의 청량감에
세상 다 줄 것 같이
너그러운 나무가

밤에 보면
세상의 한을
다 짊어진 듯한
여귀女鬼의 몸짓으로
다가온다

낮과 밤의
극명한 둔갑

고속도로 휴게소

고속도로 휴게소의 모습은
얄궂다

번잡하고
정신없고
왔다 갔다 한다

너와 나의
변화무쌍한 마음
쉬는 시간의 모습

비를 맞는다는 것

하늘의 체온을
느끼는 일이다
참으로
로맨틱한 일이다

뻐꾸기 울음

뻐꾸기 울음소리가 그리워서
어디서 들을 수 있을까 생각했는데
어느 날
호숫가 뒤
배나무 과수원에서
은은히
울려 퍼지는 것이 아닌가

오 이 반가움이란!
이 청량감이란!

다음 날 또 듣고 싶어서
다시 호숫가에 가보았지만
뻐꾸기 어디로 바람 쐬러 나갔는지
다시 들을 수 없었다

그곳에 사는 줄
알았으니
다음에 다시 오면
또 들을 수 있겠지

도망

바람결에 흘러왔나
알 수 없는 인연의 끈
아무것도 할 수 없지만
마음만은 여전해요

커피 한잔 어때요
저녁 함께 어때요
산책 함께 어때요
이 밤이 다 가기 전에

우리 함께 남해로 떠나자
손깍지 끼고 붉은 태양 속으로

둘만의 바다,
아무도 없는 곳
사랑만 줘
다 필요 없어

둘이 함께

다시 청풍호에서

지금 여기 어디인가
그날처럼 타는 붉은 노을

그땐 철없어서 못 잡았지만
나 이제 시시하지 않겠어요

서러운 세월 푸른 물결에 던지고
아무런 말 없이 미소만 보내주세요

한 잔의 추억 온몸이 기억하네요
그대 미소, 목소리 잊을 수 없어요

나는 이제 그대 아님 안 되겠어요
다시 시작해, 처음부터

오직 너뿐

야속한 세월 푸른 물결에 던지고
아무런 말 없이 두 손만 잡아주세요

한 잔의 추억 온몸이 기억하네요
그대 미소, 목소리 잊을 수 없어요

나는 이제 그대 아님 안 되겠어요
다시 시작해, 처음부터

오직 너뿐

노래로 들을 수 있어요

배롱나무

익어가는
여름
뭉게구름 하늘에

바람결
대롱대롱
한들거리는
배롱나무

어디에 있다가
느닷없이
나타났니

100일간의 선물

옆으로 내리는 눈

함박눈은 내리는데
바람이 몹시 분다

옆으로 내리는 눈
어디로 가는 것일까
저 눈의 끝은 어디서 내려앉을까

끝을 모르고
옆으로 달려가는 눈

세상이 하얀 가로로 흘러간다
재빠르게 흘러간다

남산의 밤

10년 만인가
우뚝 솟은 너는 하나도 변함이 없구나
낮에 보는 너는 흑백 사진 같지만
밤에 보는 너는 더욱 아름답다
그렇지
밤에 보아야 더욱 아름다운 것이 있지
오래된 돌담길
정갈한 종소리
고풍스러운 낡은 건물
너와 함께 나눈 추억
문득 뒤돌아보았을 때
아무도 없이
느닷없이 마주하는
적막한 밤의 시간들도

그렇지

밤의 산책

오늘도
밤의 기운을 이기지 못하고
발정 난 수캐마냥
헥헥거리며
하얀 입김을 토해내며
겨울 도심의 밤거리를
헤매고 또 헤매었다
세운 상가를 지나고
빨려 들어갈 것 같은
도심의 다리를
걷고 또 걸었다

여기가 어디인가
걷다 보니
종묘

그렇군요
깊디깊은
당신들의 영혼이
나를 여기까지 부르셨군요

헤드라이트

가로등 하나 없는
한밤중의
시골 호숫가

보이는 건 오직
앞차의 불빛뿐!

앞차의 불빛을 조명 삼아
길동무 삼아
믿고 의지하며
꼬리에 꼬리를 물고
달려간다

여기서 길을
잃으면 안 되지

앞차를 놓칠세라
따르고 또 따른다
뒤차도 놓칠세라
너무 빨리 달려서도 안 되지

멀어지면 안 돼
놓치면 안 돼

적당히 간격 유지하면서
따라오는지 확인하면서
속도 조절하면서

발톱 깎아주는 남자

발 모양이 이게 뭐냐고
발이 왜 이리 부었냐고
못난 발에 코 박고
때만 되면
똑똑

눈이 어두워져
잘 보이지 않으니
불 좀 켜자고

그 여자
발 대주다
깜박 잠들어 버렸다

굳은살이 박였다고
무슨 발톱이 이리 억세냐고
그 남자
듣든 말든
또 잔소리를 늘어놓는다

한때는

부산 범어사에 갔다가

구원자의 모습으로 서 있었던

그 남자

크리스마스에 눈이 내리면

너와 연극을 보러 갈 거야
어둠 속에 웅크리고 앉아서
몰래 너의 손을 잡아 봐야지
너의 따뜻한 손을 잡으면
마음도 더욱 따뜻해지겠지

크리스마스에 눈이 내리면
너와 영화를 보러 갈 거야
로맨틱한 장면을 보면서
몰래 너의 얼굴을 쳐다봐야지
너의 웃는 모습을 보면
나도 미소 지을 것 같아

크리스마스에 눈이 내리면
너와 함께 눈길을 밟을 거야
싸락싸락 첫눈을 밟으며
순수한 마음을 키워 가야지
아무도 밟지 않는 눈길 위에
우리 둘만의 발자국을 남겨야지

크리스마스에 눈이 내리면
크리스마스에 눈이 내리면
너와 단둘이 함께 할 거야

크리스마스에 눈이 내리면
크리스마스에 눈이 내리면
너와 잊지 못할 추억을 쌓을 거야

노래로 들을 수 있어요

로맨틱 가을 강아지

단풍 잎 사이로
아침 산책을 하다가
햇살도 좋고
사람도 없고
목줄을 풀어 주었네

우리 강아지 신났는지
나에게로 달려와
내 얼굴을 마구마구
핥는 거 아닌가
내 땀이며 침이며
콧구멍 속까지

착착 감기는 혀도 좋아
따뜻한 체온도 좋아
개 비린내도 향긋해

울긋불긋
단풍나무 아래서
떨어지는 낙엽 속에서
가을바람을 맞으며
그렇게 한참 동안
개와 사람이
부둥켜 끌어안고 있었네

착착 감기는 혀도 좋아
따뜻한 체온도 좋아
개 비린내도 향긋해

소중한 제자님들

펴낸날 2024년 11월 21일

지은이 허승희
펴낸이 주계수 | **편집책임** 이슬기 | **꾸민이** 공민지

펴낸곳 밥북 | **출판등록** 제 2014-000085 호
주소 서울특별시 마포구 양화로 156 LG팰리스빌딩 917호
전화 02-6925-0370 | **팩스** 02-6925-0380
홈페이지 www.bobbook.co.kr | **이메일** bobbook@hanmail.net

© 허승희, 2024.
ISBN 979-11-7223-043-2 (03810)